AF363957

22 Février 1884

VENTE
Par Suite de Décès

TRÈS BELLES

PORCELAINES DE SÈVRES

Remarquable Jardinière Éventail

OBJETS D'ART

PROVENANT EN PARTIE

DU CHATEAU D'ORMESSON

❖

<table>
<tr><td>Me DURANTON
COMMISSAIRE-PRISEUR
32, rue Saint-Lazare, 32</td><td>M. A. BLOCHE
EXPERT
44, rue Laffitte, 44</td></tr>
</table>

IMPRIMERIE DE L'ART

CATALOGUE

DE

TRÈS BELLES

PORCELAINES DE SÈVRES

Remarquable Jardinière forme Éventail

ET

Deux Coupes décor bleu turquoise à cartels de fleurs, pâte tendre

ÉPOQUE LOUIS XV

VASE EN CRISTAL DE ROCHE

BELLES PORCELAINES DE CHINE

Meubles et bronzes du temps de Louis XVI

PROVENANT EN PARTIE

DU CHATEAU D'ORMESSON

ET DONT LA VENTE AURA LIEU PAR SUITE DE DÉCÈS

HOTEL DROUOT, SALLE N° 2

Le Vendredi 22 Février 1884

A TROIS HEURES

Mᵉ DURANTON	**M. A. BLOCHE**
COMMISSAIRE-PRISEUR	EXPERT
32, rue St-Lazare, 32	*44, rue Laffitte, 44*

EXPOSITION PUBLIQUE

Les Mercredi 20 et Jeudi 21 Février 1884, de 1 heure 1/2 à 5 heures 1/2

D 0 5 4 1 ?

CONDITIONS DE LA VENTE

La vente aura lieu expressément au comptant.

Les acquéreurs payeront en sus des enchères *cinq pour cent* applicables aux frais.

L'exposition mettant le public à même de se rendre compte de l'état des objets, il ne sera admis aucune réclamation une fois l'adjudication prononcée.

Paris. — Imp. de l'Art, J. Rouam, 41, rue de la Victoire.

DÉSIGNATION DES OBJETS

PORCELAINES DE SÈVRES

1 — GRANDE ET BELLE JARDINIÈRE en ancienne porcelaine de Sèvres, pâte tendre, forme dite *éventail*. Époque Louis XV.

Décor fond bleu turquoise, avec cartels à bouquets de fleurs, encadrés de rocailles, de rinceaux, d'enroulements et de gerbes de fleurs à rehauts d'or.

Le socle, qui suit exactement les contours de la jardinière, est décoré partie fond blanc à fleurs, partie fond bleu turquoise à rehauts d'or.

Décorée par *Alonde.*

Remarquable par la finesse de la pâte, la beauté du décor et de l'émail.

Haut., 22 cent.; diam., 27 cent.

2-3 — Deux belles coupes en ancienne porcelaine de Sèvres, pâte tendre. Époque Louis XV.

Forme ronde, légèrement cintrée, fond bleu turquoise à médaillons bouquets de roses encadrés d'or.

Datent de 1772.

Décorées par *Couturier*, *Joyau* et *Théodore*.

PORCELAINES DE CHINE

4 — Paire de très beaux vases, forme rouleau, en ancienne porcelaine de Chine, fond bleu fouetté, rehaussé d'or, à médaillons de la famille verte, représentant des fleurs, des oiseaux et des cartouches de terrain.

5 — PAIRE DE BELLES POTICHES en ancienne
porcelaine de Chine de la famille
rose, décorées de médaillons au dra-
gon, réservés sur un fond rose cou-
vert de fleurs et d'entrelacs en émaux
de couleur.

6 — GRANDE VASQUE en porcelaine de Chine,
décor à fleurs et feuillages en bleu
sur blanc.

7 — DEUX BELLES CHIMÈRES en ancienne
porcelaine de Chine, bleu turquoise.

8 — DEUX BEAUX PLATS en ancienne porcelaine de Chine, fond bleu fouetté, à
cartels de la famille verte réservés.

CRISTAL DE ROCHE

9 — BEAU VASE finement évidé, forme à
pans, décoré de dragons gravés, orné
d'anses à têtes chimériques, prises

dans la masse. Travail chinois et
ancien. Sur socle en bois de fer
sculpté.

BRONZES — MEUBLES

10 — JOLIE PENDULE LOUIS XVI, en marbre
blanc et bronze doré, ornée de cou-
ronnes de roses et de corne d'abon-
dance.

11 — DEUX COUPES en vieux céladon, mon-
tées en bronze doré Louis XVI.

12 — DEUX BOUTS DE TABLE en bronze Louis XV
à deux lumières.

13 — DEUX APPLIQUES A DEUX LUMIÈRES, en
bronze, modèle draperies et glands.
Époque Louis XVI.

14 — DEUX APPLIQUES A DEUX LUMIÈRES, en
bronze, modèle à rubans. Époque
Louis XVI.

15 — BELLE STATUETTE en bronze : *Diane.* Époque Louis XIV. Sur socle en bois noir.

16 — DEUX CHENETS en bronze, représentant des dauphins. Époque Louis XIV.

17 — DEUX CHENETS en bronze, représentant des figurines dans des rinceaux. Époque Louis XV.

18 — DEUX FLAMBEAUX en marbre et bronze, ornés de sphinx. Époque Louis XVI.

19 — DEUX PETITS PRESSE-PAPIER montés en bronze doré.

20 — QUATRE JOLIS PETITS BUSTES, les quatre parties du monde, en bronze. Du temps de Louis XVI. Sur socles en marbre.

21 — DEUX APPLIQUES A UNE LUMIÈRE, en bronze, modèle à mascaron. Époque Louis XIV.

22 — Deux vases en albâtre oriental, montés en bronze doré.

23 — Paire de candélabres Louis XVI, en
bronze, modèle groupe d'enfants,
avec bouquets, à trois lumières.

24 — Commode, chiffonnier, bonheurs du
jour. Du temps de Louis XV et de
Louis XVI. (Seront vendus séparé-
ment.)

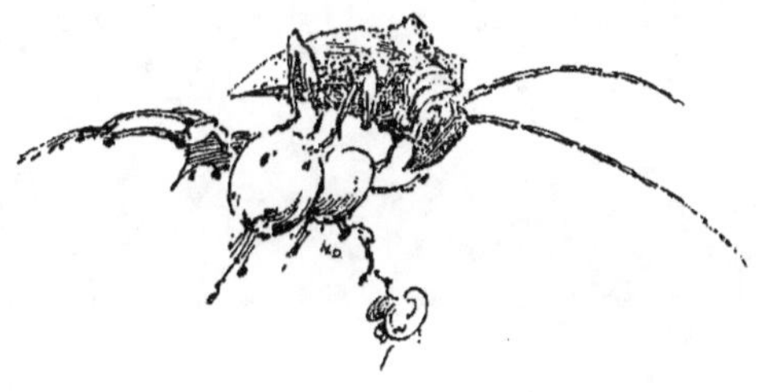

9 782329 396842